JN022885

歌集

triste

Kawasaki Anna
川﨑あんな

左右社

Hans Bellmer, *La Poupée*, 1938

triste 目次

【山巓】 147

triste

異音

異音

いつもする音とはちがふ〈ふりうす〉のえん
じん音にまぎるゝおとの

林道と知れり此れなるは林道とうねくと
するなかをしまよひ
側(がは)を生ふる夏草をのみあかるみに照り出でて
けりふぉぐらむぷに

せめぎあひながら白なる山霧とあをなる草の
夏はいろあひ

森のなかいゆきたがへるエンジンの鞭はひそかにさからひながら

ゆつくりと向かふはいまを〈どみにく〉のあんさつの森　みどりえんじん

＊

ディーラーが運轉すれば聞こえざる奇異なる
ものの音無きふしぎ

瓦斯のはな

ひどく背の高い瓦斯點検の人あらはれてＯＫと云ふ指差しながら
瓦斯漏れはないですと云ひその後を去るひとかある肩をおとして

瓦斯オーブンのなか首を突つ込んでしんだを
んなのしるゔぃあ　とかあ

わたしのKopf 頭

なけなしの

旱する日々おもひつゝ干涸べるぷらんとの巡
りさまよへるは

干すがいいと此の邊りなら袖無し下着（キャミ）とかも
眞夏繁れる葉影を措かれ

開かざりしスクリュウキャップなけなしのゆ
びのちからバンドエードの

夏風

やうやつとシャワー為終へて乾かすは濡れし
たたれる皮膚と毛髪と

遣ひつけなるしやんぷう剤に濯ひ了へて濡れ
をる髪をとほる夏風

わたしのKopf（頭）

ニットなるもののじいうさ今更のやうに感じ
つゝあり著替へそのとき

このまま封じ込められたらくるしくてたまら
ないニット帽　のなか

首回りじいうにのびてすううつと脱け出でに
けるわたしのKopf（頭）

〝若しもよ若しもゐたらどうするの〟　しゃ
わあきゃっぷのなかをし鶩

うらおもて返しつゝする清掃の　しゃわあき
ゃっぷのあひるぷりんと

伊右衛門が

今しがた出ていつたきり伊右衛門が戻つてこ
ないどうしたものか

（いま僕は運轉席の近くにゐます運轉手さん
に愛されながら）

ざ・しんふぉにく

代々木出でつつあるをゆるやかなる坂はのぼ
りつゝくだれる坂は

おほくものがなしけるめろでぃ聞きぬふらん
す國の歌ひ手うたふ

一一センチヒールに降りる階段の手摺りみぎ
てにつかまりながら

大粒の雨ふりくるは歸り際の（今になつてふ
らなくてもいいのに）

＊

今からでも風に飛ばされさうなものは下ろし
て如雨露（じょうろ）ほかの

風速30メートルを超えけるはプラ（Plastics）に為（な）るつ
ばさ　まがひもの　の

動かしやうもなきに位置とふものの在りにほんこくふく風のとほりみち
野頒けゆきにしのちの痕跡のなかを在りける
ひとなるわれは

ふらながんさん

むしう（無臭）・ばるさん

霧タイプバルサン*焚いて急ぎ戸の外に出でたり咳き込みゐたり

*殺虫燻煙剤

涙目のわれとおもふにひとしづくのなみだは
ながれ堪へきれずに

噴きいづる白いけむりのバルサンのその浸潤
の素早さつたら

煙感知器感知は為ずてその煙のおそらくはう
すいいろなるけむり

今世紀晩夏のころを醸せるはねぬなはの
monsieur むしう（無臭）・ゔぁるさん

冬瓜とままンのあはひをある風邪

冬瓜とままンのあはひをある風邪さういへば
咳二つ三つして

噓するひとの階下に聞こえきて窓はひらかれ
てあるとおもひき

云はれつゝ下がる氣温に感応（かんおう）のせかいのなか
の部屋とおもひき

部屋のなか今在るひとの少しなる會話のなか
を居つゝありぬる

とても無理とてもむりともひながらさしあた
り踏みゐたるステップ

L

鐵くさくてやりきれない廚のなか換氣扇は回
つてをるか

笹の葉をＬとて庭に出でるもなかなか無かる
おもふやうなものの

ふらながんさん

なにとなくこころ惹かれき安曇野のコスモスと書かれありしの花舗
なかでも白のコスモスの　他をあるいろなすもののコスモスのなか

此処がどこかもつとひろい河原だとしたらひ
らきをるむげんこすもす

如何にもかるい手つきに熟せるはをんなもの
のふらながんなる

身構へていまを在りける射手なるはふらなが
んなる川のほとり

桔梗（きちかう）ほかのつゆしものあきのはなばなはひく
引き金のフラワガンなる

ちさき地震（なゐ）けさはありけむともひしも起きし
なのこととて

篠ノ井線乗り継ぐ驛の

ひつそりと病棟は建ち
もたらされてゆりの香の間なく浸潤をしはじ
むるなりこれの室内

毛細血管にてゆりのくまなきにゆきわたるなり秋の病室

ゆつくりとゆりの香は充ちてゆきながら或は瓦斯室のなかのやう

瓦斯室のガスの匂ひの此処をあるゆりと同じ
きと　ぶじぇじんかむら

ながく挿されてありし　のぬるいでせう花瓶
のなかをいまあるみづは

しらゆりの茎の長さとその重みに耐へられる
のかな此の花壜

目一杯みづはそそがれ重量の花器とはなりぬ
たふれないやうに

投下するしらゆりなりし花壷のなかゆたかな
るみづとNアラート　と

表向きはどうあれひつそりと病棟は建ち夜毎
ふらいぱんのなか

〝もう止めて〟

〝もう止めて〟とふ聲のすなるは大凡われの
聲なると

聞こえずてほかなる聲の晩夏をなくひぐらし
のこゑにさへぎられ

遠因（ゑんいん）

えんじんとらぶるにしてゆつくりとゆりうす
炎上のまぼろしは顕ち

不明なるまれえしあ航空機の若しかして遠因
なんておもはない　わよ

あづみののコスモスとある幾鉢の在るは十日
まへのいまは無きに

ばみゅうだとらいあんぐるのやう次々と行方
不明になるこすもす

燈火するそれの明るさゆふぐれは感じつゝあり晩夏隣室

非情なるともへるもおそろしくらうまんちつくなる音樂の鳴る

甚振られにつゝあるは〈ぐのしえんぬ〉*の響
りゐたれば此のゆふぐれを

*E・サティ

ぴつたりと重なりあひてspark為。　こんにち
は　とさやうならと

冷や麦にしませうと云ひ昼過ぎには青葱刻む
けふなる夕餉

〈ぐのしえんぬ〉鳴りてをりつゝ粕漬けのさ
はらの焼けるけむりのなか

戸の裡を響れる樂音の　戸の外のわれあると
ころ聞こえずてなにも

〈ぐのしえんぬ〉と〈えちえんぬ〉の永久を
する旅とおもへる　のいま

〈えちえんぬ〉今更ひいてみても新百合が丘
をある菓子舗　としか

響る音と響らざるおととかはるがはる入れか
はれる　の息衝きゐたる

おもふままにはせざるをヴォリウムをミニマムにするゆふぐれのとき

のくちゅるぬに吾れゆかざりけるはゆふべ〈えりく〉の道行きのなか

軽く乗り換へるおんがくのValse de Melody心変
はりして

點眼

日に四度點眼はするながつきのめぐすり液の残量おぼろ
ひとしづくづつ垂直に薬液は落ちてゆくなる日々なる秋は

いづへなるうみかともふはまなこの奥きら
〱とある水たまり
まなこの奥にてする水浴びの何といふ杳く微
小なるひとたちの

数滴の水滴にして水浴圖の外側をある吾れを
濡らすなり

眼の縁が痒いあぢさはふ目のふちを生えをる
かなややなぎの睫毛

しらつゆの奥二重なるひとの目の彫るは今ほ
どの夕景色なり

廚裡外

カタールの油田と小川やの油揚

あぶら抜き決まつてするは油揚のいまをなが
れてゆくなる油分

カタールの油田と小川やの油揚と差はあるか
なやみさい(微細)にしても

木場

オーブンに焦げてける〈ぽていとう〉の竟に
炭いろなるは放心の

伐りつぱなしの丸太のやう措かれありしぽて
いとう　の加熱調理器（オーブン）のなか

ジャム

せわしなく動きたりけるゆびは見ゆ薔薇摘む
爪はつねするどかる

あふれかへる薔薇のはなびらぶるがりあ農園
からの積載貨物

動力

すなはちは動力のやう泡立て器にかしづきて
けるにんげんの手の

回轉（くわいてん）のなれの果てなるねばりあるものとはな
りしほいぷくりいむ

ふぇいく

抽き出しの奥ゆいでこし菊花（ふぇいく）の、何時の間に
はひりこんだのおまへ

黄菊そこをあるはいつよりの抽き出しのなか
塩化ビニルの

あからさまなるとたかーく掲げありしreborn
のなかをかざれるリボン

〈スージー〉の旅

刻まれてそののちを遣るミキサアの此の仕打
ち堪へきれるかスージー（おまへ）

朝々を決まつてゆける行路なる〈スムージー〉
への〈スージー〉の旅

りん〳〵とりんごひろいん響りながら千千（ちぢ）
砕けるの見てしにいまし

あはは嘘でせうそれは蹴り出だして炭カル袋
に込めたるりんご

黒胡麻事件

ぷつ〱と黒胡麻飛ぶは意思あるやう小松
菜の青そのうへなるを

あをなるを著にけるひとのあなたふりほどき
ましたね黒胡麻それの

さらん
ごく緩いバナナカーブに添ふやうに巻かれて
あるはサランラップに

サランなるラップフィルムにくるまれて身動きできぬやうなり實芭蕉(ばなな)

密林のゆめ見つゝある實芭蕉なるいまは霜ふる庫内をゐつゝ

ぴくにっくばすけっと

黄緑（わうりょく）のフルーツどもの込められてあるはピク
ニックバスケットのなか

草のへをする晝食の混亂のさなか盛んにあね
もね　は咲き

空腹

魚の身を焼きつゝもひぬひととはかぎらない
今を空腹なるものの

一枚のあはみどりする笹の葉のうへしろみな
るいをは措かれつ

調香師きくNo.2780653022

冷庫のなか未だのこりをる酢きやべつの匂ひ
調香師きくNo.2780653022

水濯ひしてミツカンの酢の瓶は逆さに立つを
見てをり吾れは

肘

あゝなんて頬はしきの急ぎ拭きをるはテエブルのうへなり夕は

雑巾にいまをしぬぐひたりけるのあはく色づくものの正躰

多く水氣あるもののなかでもぷらむ剥くとき
肘をつたふすいぶん

前歯

透きとほるいしくれのやう錦玉（きんぎょく）のひがんの菓子はしづかに措かれ

淡いあはいぴんく&ぶるうのいろあひを滲ませながら透れる菓子は
前歯をたてるはひとの今をするふるまひのなんて野蛮のこころ

かんなづき早く去れ

ゐつゝあり急くおもひして十月は亡きひと多

くかくまへる月なるは

目立ちをるあらくさを抜く墓まはりの目につ
かぬは抜かざるを

奇麗なり。 きのふあめかぜにうたれしに墓と
そのはかのめぐりと

残りをる灰は棄てけり新鮮なるくさを燃やす
は碧空のもと

ようやつと點きにけるかな眞白かるけむり出
ではじめたるはいまを

なかぞらを揺らぎつゝのぼりゆくものの一筋
のけぶり目にて追へるは

近くをある新しい墓

吹く風に揺れつゝあるは黄菊なるの新しき死
びとのためのはかのほとり

抜きいたるあらくさはみなゴミ箱のなかに放りぬいまを去り際の

靈園をいまし出でむとするフリウスに道を譲れる4tはある

〃これ呑む？〃とペットボトルを手渡すは後
部座席をいま在るひとに

【やま居とかにして　もさあ】

のひと

ちひさなる骸（むくろ）ともへり道をありて寄りあふも
のの落葉幾葉

ぶるうぐれいなるとーんに翳る木陰と山影と
そのなかをはひれる　のひと
　　〈ふぁあましい〉と〈くりにく〉と斜交ひに措かれあるは道を隔てて
すなはちは処方されしりんでろん軟膏のすず
らん湖にほど近き

ムラノキッチン

けさにては牛乳麺麭（みるくぱん）にする朝ごはんなる夏の
頃ほひ山崎製麺麭の

はなたれて緑するなるいろの菜の鍋のなか在るみどりは回り

今をくるしみてあり蕈（くさびら）の泡立ちながらスキレトのなか

やすむなくビスケット焼かれあまたなる作り茸（まっしゅるうむ）
のころがり出でぬ

工場を出でこしもののきのこなる森ゆ生れこ
しと云ひたいのに

ちひさなる〈ぐりーんすりーぢ〉のやう措か
れある硝子瓶のなか漬てるぴくるす

おさかなのふぉるむをもてる皿なるのそれを
蔵へるは棚奥のはう

見たところ比目魚のやうなお皿にて此れなる
を遣ふは稀なるの

残りものにてすます夕餉の敢へてぶりりあん
となる皿のうへきのふの

此の皿のなんてやすでの哀いろの皿はかなでるかなしみの音

みひらける目玉（まなこ）なるやう黒葡萄ほろりとほぐれ白皿のうへ

木炭色（チャコール）のどんぶりの縁に紅生薑措いてあかる
むうつくしがはら

起點

なだらかなる道はくだれり灰白の縞合ひは為
すぱらそるまでを

器のなか醸されてありあかねさすあはむらさ
きのラヴァンドラ茶は

りゅみなるくのうつはのなかを一つなる咲き
いでける　の奇異のはなは

あつけなくうしなふいろのむらさきの些かな
るときをへて

しづかなる櫂のうごき

らゞぇんだあいろなる釣り舟*の小さきの吊ら
れてをるはむごくあやふく

*釣船草

水都のなか航く舟見えきそれなるの舳尖をかざるゆるい巻き毛

或はかいぜる髭の執事慇懃にみちびくは船着き場まで

〃よござんす。ご一緒しませう〃のがれよう
なきと今夏のはやりやまひの
はつなつを秋へと搬ぶ吊り舟のあなしづかな
る櫂のうごき

ここからして漕ぎ手見えざるにちひさかる舟
は航くなる朝霧のなか

若しかしてこれなるは遠隔操作と見渡せど見
わたせど基地は在らずて

いまはしも吊らるゝ舟の落ちるか落ちないか
の瀬戸際の草の吊り舟

もういいそんなに耐へなくてもはやくおちて
しまふがいい　吊り舟

そらのタクシー

たぶん此処と停車するタクシードライバーのおもひちがへるは

移りつゝ樹々のあはひをかがやける門燈のやうな月におどろく

夜も晝もつゆしもの秋燈せるは更科升麻の白
い蠟燭(らふそく)

燈明の點けびととして信任のあのひとからす
れば難儀なる

ネイルサロンゆくゆめなるはよはをありてね
むれる閒なる〈さろん・ど・ねいる〉

夕髪ははなちたりけるいろあひの淡きを蒐め
為るまとめがみ

鳥兜みだれ咲きをる在りやうのそれは刈り場
と知れるはわれの

明暗

ひとの誰か消し忘れしのながく點けつぱなし
なる会堂(くわいだう)のあかり

まひるまのひかりのなかを滲みつゝうつくしき　なり一つ電球

＊

みな消されありて室あかりいまにては暗闇と
なる裡も外も

〃早いとこ元に戻してよ〃しろがねの刃（やいば）煌め
く草刈り鎌は

ミハラ

ふいになべての燈りは消えぬはたらくは
Colemanのはろげんらむぷひたすら

一帯の停電をいふ

戸を叩く音はありしを戸をひらくとミハラと告りてひとあらはるる

前照灯（ヘッドライト）あかるく射して山道（さんだう）をゆく自動車をながく見送りぬ

まそかがみすけるとんにしてすかるの奥くら
きのなかは黙るまぼろし

うら

織くふるあめにぬれつゝながつきの雨夜（あまよ）をて
らす秋のつきかげ

ひとときは雨夜照る月を見遣りしも直ちにも
どる（濡れるのは厭）

アルミパックの月光の粉ふり入れて浴槽に滲
みつゝあるみどり

（かの地なるいまをおもふに晝下がり葦の腐
敗はゆつくりすすむ）

ものがたりのなかをありて一等いいなりゆき
をひとはおもふのでせう

此の日なる夕を敷きける敷布なる濯ひざらし
なる色褪せてける

これなるのうへをし措かれねむる吾れの幾夜
なるかや一枚シーツ

ひと夜とはおもはざる数（あまた）なるよるをはこべる
ぶるうしーつ　は

センサアライトふいに燈りきセンサアに障れ
るもののなにかのかげの

寝ねぎはをありて蒙るこむら返り　とかのち
ょっとした困難

みんとぐりーん

あの家はミントグリーンに塗り変へてからに
しませうしにいそがずに

それにしても雪ふる内は無理なるをはるを待
たなくては外のおしごと

ぶるうしーと

見つゝあり夜の裡に雪は降りしやうと起きい
でて窓をあければ

には早すぎるからもう少しねむりたいと潜る
蒲団のなかのすいみん

常夜燈のあはいひかりは射しながらこれのひ
かりの及ぶはどの邊りまで

このままねむつて明日の朝目覚むるといふも
たしかならざるは

（燈りが見えてゐたのに昨日の夜はお帰りに
なつたのね近くある山荘）

ブルーシートふはつと懸けて春までをまもられてけり冬のぼいらあ

何となくものがなしかるおもひのなかをあるはぶるうしいとの

水抜きは先に濟ませて今となつては五月のころをお逢ひしませう

【といのぞいど】

まいめろ　と狂王る〜と

　　さざなみはよせくる岸邊
十字架に磔られて松美池のなか罪をつぐなふ
〈まいめろでぃ〉は

ずぶぬれのまいめろでぃの行く末を案じつゝ
あり松美池のほとり

拭ひつゝやはらかいタオルにまいめろのいま
を濡れけるほわいとぼでぃ

くろーぜっとのなかあるはぴんくいろのもの
ばかりらしいまいいめろの

つのさはふ窟(いはや)そのなかをヘタリアの狂王る〜
との船着き場あり

FRP製のすわんぼーと繫留をされてありし
1886年

いづれへとわたるフネなのかうわあああああ
あんとえんじんかかり朝靄のなか

あまたなるすわろふすきいに飾られて〈はくてう號〉の出航のとき

ぽーらーべあー

Polar bear

あくりるのぽーらーべあーのふはふはのお肌
撫でけるわれのおよびは

西比利亞(しべりあ)を在るあなすたしあのがいすとの雪
原のなかをゆきつゝいまも

夕立のまだ過ぎやらぬみなとえの葦の葉そよぐ風の涼しさ

みなとえをとはにゆくひとありとふは今もあ
なすたしあ・にこらえゔな・ろまのゔぁ

ふろんとがらすをいゆく流皇の幾つあやめる
や夜の飛行に

かくめい　といふばかりに震へつゝ今あるひ
とのひと在るむかし

ろでぃー

〈ろでぃおら・ろぜあ〉５００ml６０錠のいきなり出でてけり
そらいろの、ばらいろの、きいろの、Rody＊
在るなかをえらめるはぱあぷる　と

＊伊由来の遊具

ぱあぷるのRody来たるは何時の日のときか
ともふも宅配便に

なか〳〵届かざりけるRodyなり待ちながら
をるはひと日のながさ

先づはおまへにエアを入れて此のよのものと
するは三次元の

尻穴より注入のエアを感じつゝ嬉しかりける
ろでぃーのこころ

ろでぃーおまへは嘆くかしら二次元ゆ三次元
へと移るはるのひ

ないんちぇ・ぷらうす

ひさかたの窓ゆながむる此れのよのぞつとす
るほどの　X　さ

それにしてもどうかなりさうXに縫はれてあ
りしやう〈ないんちぇ〉の　く

【山巓（さんちゃう）】

ゔぇろにかと命名したり〈たりな・たらんてぃーの〉の獨りdaughter
長円の窓より視ゆる〈ゔぇろにか〉のはな結びしてばらいろりぼん
視るともなきにあれなるのはうを向くゔぇろにかの淡く密なる睫毛
ドールは佇ちつぱなしが當たりまへなのよといふはゔぇろにか　の
身に為ししスワロのひかりひさかたのaurora borealisのやうにきららか
ほかなるアクセ異常にまとへるはならひのやうともいにしへからの

あれなるの方を向くゔぇろにか　の

措かれあるケークモンブランこれなるの征服

をもふはあなた　ゔぇろにか

しろがねの匙に掬へるケークモンブランの頂
きなるを覆ふクリーム

いまはしもモンブラン上空を在るらしい浮遊(ふいう)
するなるわたしの両眼(まなこ)

積む雪のいただき食うべ終はりてののちを犯
すは　かすていらなる

みからでたさび　否、身からでた糖分のかが
やきてありかすていら其れの

あしひきのやまをくだりてゆくみちの果てを
ありなむかのあさいらむ

著せ替へのための白いワンピース　ドールの

抜けいでて旅にでたらしい白いワンピース著
せ替へのための　ドールの

杳たりし。何としてもかあいさうな白いワンピースのためのおとむらひ

ふさはずて行き倒れのドールにはかは　われ
はおはなは供へずにおかむよ

ともひながらアクセスするはドールの、この
よのメアドあのよのメアド

にしてもさだめなることのやうつながらず長
くながくありける　の

ゆくへ知れずなるドールの〈ゔぇろにか〉に
してもいまをし待つはわれのみの

ドトールコーヒー捜し疲れて棚奥のドールを
おもふ。ひょっとしたら

随分と先きなることと吾れのきおくもオーバ
ーサイズの服のやう

ふかきの秋

さんふぁん

２０１７年１１月

〈さんふぁん〉が行方不明に　亜爾然丁（あるぜんちん）海軍
は繰る潜水艦の

潜水艦〈さんふぁん〉からのファンファーレ
高らかに海を響りつゝいまも

*

いまをありて〈しづかの海〉に着水の舟はあ
りしと月におもへる

あはむらさきに夕映はして沖をある〈光心丸〉
がいま燃えてゐる

はなたば

ひとの訃報ありし春頃はしてゐたのに力仕事
秋には逝きき

けふは投函をしきおくやみの葉書しらゆりの
はなの切手を載せて

ぢきにゆりの幾本のはな手向けらるゝはのち
なるをおたよりの

仮りにもにはの

獨りする〈のの祭り〉とて臘月（らふげつ）の先づは野川
にでもゆきませうか

舞鶴ゆきのは少しまへにキャンセルして今頃
を摘む地下のチケット

此処より以北へは行つたことなしともひつゝ
あるは霜の道路に

なにか斷ぅ寂しき感じあるはひだりてをある
山莊のみどりの無人

の丶　なるのつゞきてあるは續けさまなるの
そろ〳〵脱出ともふばかりの

かりんずがあでん何処と知れず書かれあるは
害種云ふとして仮りにもにはの

のよ

もうすこししたら終はるこの作業も髭根つみ
とるさげふ蘖の

もやし一つ一つ異なる向きに寄りあへるもの
の集積の白皿のうへ

小さなるもやしの山に當たりをる日差しやは
らかにいまはありたり

もうまもなくもやしのやまも崩さるゝ時はく
るとて待ち構へるも

屋根裏の窓より見ゆる海なるの波間ただよふ
は2パックもやし

ゲットせるは2パックの荳もやし宮廷料理に
闕かせざるは

ごくちさき港湾なりしゲップ港の発射臺措く
ひとののんど　の

ミハラさんがおそらを飛び出すこととなつて
をります　のよ

スマフォそれとマスク忘れないでねと聲懸け
はするものはし誰（た）あれ

のね

降る雨の予報たがへて樹間より射しきたりけるひかりなるはや

けふなるは晴夜にてまりあをもふかもはざる
かのあはひに

血のいろをする葡萄酒はもう嫌と言つても聞
きいれてくれない　のね

さんさくわ

若しかして此の冬を超せないかもしれない小
手毬のやうす瀕死の

テラスに出でて水を欲するもの順にみづ遣る
ひとの此処より見えき

水遣りにも差別はあると疎かにするはちひさ
きものの聲なる

濃いいろの山茶花(さんさくわ)が咲いたけれども初めのお
もひとは別(べち)に

あ、あ、た、は濃いいろのサンサクワを咲かせたか
つたのでせう（でも）わたしはちがふ

お水は忠実(まめ)に注ぐけれどもほかのことはおろ
そかなる露臺(テラス)のひとの

白薔薇石鹸株式會社

もはや替へどきとも残りすくななる石鹸　の
薄さのほどの

泡だてて沫立ちにけるしやぼんなる薔薇石鹸
のきおくのなか

鋭角のふぉるむはもてる石鹸のあはれ遣はれ
ざりけるしやぼん

白薔薇石鹸の奥をしあらむ白薔薇をさがし當てむと爪をたてぬる

東京都北区東十条一丁目十四-十一白薔薇石鹸株式會社

混線

ろでぃあのおと

からみあふウジ虫のやう透け至る罫線（はるさめ）ふるは
午后をしづかに

兎に角味見してちやうだいとはすっぱに言ふ
天変地異（せるべんちいな）

レシピなしにつくれるやうになりませうえふ
子は投げる　ろでぃあのおと

こすると消える筆跡のぼーるぺん此処をあるは〈ぱいろっと〉の

腕のいいぱいろっとならおもふやうに操りにける確認表示灯（ぱいろっとらむぷ）

range（竈）にゐて瓦斯に點火はしたりけるぱいろ
っとなるちひさき火夫は

表示灯しめすものとてふたたびをみたびを見
誤れるはわれなる

ぱいろつとらむぷのいろの橙色（たうしょく）をまたたきけるは竟にあやふき

脱出のひとのいまも山中をありしは食ひつなぎながらじかんの数珠を

ブルウシートうちなびきつゝあるなかを草笛（あうろす）
鳴るは枯れ葦　の奥

はなびらで鼻をかむのはやめて

かあるくかるくゆびにまるめたティシューの
やうしろいおはな

はなびらで鼻をかむのはやめてなんといつて
もおはなにわるい

みすてりいがいど

いまから何をして過ごさむとおもひなやむひ
となんてゐないでせう

〈＊＊＊＊な〉の名はするロゼの書まへをあ
けゐたるは**つみ**のやう

おそろしき　の記かれてありしミステリイガ
イドのなかくりすちなに纏れる

ふかくさぐるは無きに軽薄がいゝともへるは
いのちからがら

＊かゐゝるはなにをしてるのかな此のところお
しごとの依頼はなくて

毛織り

〃かあいいわねえ〃と言ひつゝ撫でをるはよ
るをしづかになでる指なる

かのひとの表沙汰にはならざること〴〵の
長椅子のうへあるは

くびまはり凊（さむ）きにくるり巻きゐたりあなやは
らかに触（さは）れる毛織り

再

psi

一晩を超えて直ぐなるあしたには濃きになり
けるはなのいろはも

病みがちな（それどころか）いまにも駄目に
なりさうな風情にありしゆりの

あはみどりゆいろづきながらだんぐとう
すべにいろへへんげしけるは

けふごととしかおもはないカサブランカ頭な
んかかみくだけばいい

おもへるはひとは踏みゆく足裏のひとくどり
なるうぐひす廊下

これつて、みじかい一生のひし〳〵と刈り取
られたる回顧録・百合

*

やゝひらき氣味なりしは口唇　の今朝はひら
きかけなるゆりの

一刻も早く咲（ひら）いて了ひにしてしまひたいので
せう　ゆりの

けさをするゆりのミッションとやらのわたし
厭なりしなにもかも

幾本のゆりをあがなひしかともふはゆりのブーケのとり〴〵の態

はつか反り返りけるゆりのはなびらの　もう数分を見つゝをるなる

＊

竝列は厭　でせう。あなただつてあなただつ
てゆりにはなしかける

自己流のはなの挿しかた　にして白百合の幾本は挿す花壷のなか

あといくひ（幾日）とかぎりあるもののしらゆりのいく束をおもひやるは眞夜　の

更衣

るいす

ひらり〳〵かるがると超えてゆけるこころ
がはりの剰へ　はる

視つゝありゆりかもめそれの脳内を貫通はす
る過去のゔいじよんは

何はともあれともへるの近比(ちかごろ)をドロップばく
だんせいざうこうぢやう

あゝ此処は〈ぱんふぁくとりい〉だつたつけ。
タブン（多分）・ソマンとかは製造しない

おもひはとんでひにいるむちのゆりかもめ
滑翔（と）べる石巻北上運河

市谷を在りし〈ヤマザキパン〉に購ひしめろ
んくりいむぱんの味はも

いまもあるのだらうか屋根なるのまるいふぉ
るむの　緑のといれ

一日（ひとひ）にしてもぐる〲と回る天體儀のある
はるいすとそのなかま

酢酸絹糸繊維

酢酸絹糸繊維（アセテート）なると白いワンピース先駆けて
はるをあがなへる　は

櫃（チェスト）、其のなかを薔薇いろのもののあらざる
は元より　の

ゆいもつ処理班のやう衣料棚あけてさがせる
の先づは奥のはう

巻き尺にする計測の凡そこのくらゐなのかな
未だ視ぬものの

手にするまではふあんの未知をある春のサイ
ズのはるはさんぐわつ

返信す。不審を示すけさのメールに。わたし
は此処よ。此処にゐるのよ。

有翼の山々へのあくがれの畫面をあるは後ろ
向きなるひとかげの

＆ゆり農園

レーヨンにアイロンを當つ

人造絹糸(レーヨン)のスカアトをよる皺々のうへゆつくりとアイロンを當つ

ほどなきに皺はほどけてゆくらむと布をひろごりてあるまんじゅりか

触れるとも触れざるともいふに言はれぬ感じにて當つ蒸氣アイロン

八月のミセスロイドのふぁさあどは示（さ）す白文
字の〈お取り替へしてください〉

おきつもの鬣（たてがみ）靡く〈ポニークリーニング舗*〉
はし盛夏汗まみれなる

*ポニークリーニングサミットストア舗

さなかをありてわれは著(まと)へる襯衣(Tシャツ)のそれほど
でもなきと凌ぐ暑さは

人工花苑

ぶりむ大き夏帽子する菫外線避けなるのグロ
グランリボンはや

Spaceの花園をゐてなかに相応（さうおう）のものの無かるは　人工花苑

いかにも邪見に寄せ蒐むるは人工の白い花なる扱ひなれて

〝なにか厭〟とちひさやかにも獨り言ひける
はよるにさしかかり

わかめ投入して鹽分過多となりけるはる、い、す、
の手立てといまはおもへる

けさの濯ひ場

ぽむぷに出でし口中洗浄剤リステリンのリステリン液の五滴落ちいたり

（青いろの硝子グラスのそこひをあるあをの
どくやくを呷るひとはも）

口中にふふめるをあさは忽ちに濁れる液の吐
きいだすなり

てすと氏のふいにあらはれてぶくぐとす
る含嗽なるけさの濯ひ場

（13あいすくりいむ手にしてするお祷りの
おてあらひの匂ひはしませんやうに）

跪きてこれ以上の謙遜の無きやうにするおいのりの禮拜用マットのうへ

*

なにかの航跡（かうせき）としてkagamiに照りいだされし
ものの確實（たし）かさ

一室

鎧戸は鎖されてあり隙間から見ゆる色なるう
すねずみいろ

今何時頃なのかしら不圖もひて己れに問ふは
凡そのじかん

一室のなかをゐにつゝすぐす間のきのふなり
雷鳴のあるははげしく

なにかしらの麵麭、吾れの手は持ちてゐたる
はあしたのゐさの

其れって

ドン★

殊に好き赤頭巾ちゃんがピストルを撃つて(ぶっぱなして)弾
が命中するところ

あからひく赤頭巾ちゃんなりズロースのゴム
にはさんだピストルで　ドン★

其れつて

氣付かざるは多くのひとのしんとして音なく
ひらく晝花火なる

眞白かる空のなかをし發情のはなびなりける
打ち上げられて

其れつて越南(ベトナム)が提案をした名称でバラ科のは
なの名前です

＊颱風24号チャーミー

言ひ分

ながつきを半ば過ぎてけりいまどきを蜩の啼
かざるはをかしき　と

もう少しねむつてゐたいあとほんの少しだけ
でいいからおねがひ

知れなくてたれにおねがひしたのか　の多分
ねむりの王在る九月

空き瓶

透き至るものの奇麗さはなちつゝ立つ空き瓶
のゆふぐれは　あき

のの木

増水の）浅川橋（を渉らふは数秒の間、八王子バイパス

暗きものふっと出できてまなさきを浅川橋を
渡らへるとき

〈おそれ〉其の傍らを在るものなりし〈をの
の木〉のなんて素敵な〈のの木〉

厄瓜多（えくあどる）

ジャックなるおまへのまるで人類のなまへの
やうな氣はしつゝあり

はろうぃんの夜は果ててけりゾンビはし疲れ
てねむる地下鐵のなか

*

己のことのみかんがへればいいのよと云ふへ
ルパア　の〈と・らんぷの家〉

くりすますかあど買ひにゆくいもうとの〈と
・らんぷの家〉より出でてけり

かたはらを過ぐ

近づいてくる蹠音がわたしを追ひ越してゆく
の　もせんけんの

予め片側ひろくあけておくのもあなたが追ひ
越しやすいやうに

追ひ抜いてゆきたるものの後ろ姿いまは見に
つゝありし前方の

それにしても直ぐにみうしなふは先きをゆく
ひとのうしろすがた

秋頃をメドーセージの青いろのはなは咲（ひら）くを
かたはらを過ぐ

傘のおと

きこえくるなにかの音のたぶんこれは次々と
閉ぢられてゆく傘のおと

はるはなの移ろふこころとり〴〵のregina
regisのレインブーツ（あまぐつ）のいろ

あめあがり

高らかに響りひゞけるはあまびこの木沓の音
のしづか　のなか
おほきみに因むなにかの儀式なされしとふが
いま過ぎてけり

宮殿の屋根のうへ虹が懸かかつたんだつてさ
ああめあがり

わけへだてあるは抑(そも)虹のなかなるは　せき
たう　わう　りょく　せい　らん　し

この度も起こらずありぬほんのさゝやかなる
にしてもれふぉるむ

そのままの色にならずて仕上がるは豆乳スー
プいろ増しながら

そこ〱黄ばみたりけるキッチンの布巾なる
かや退けおくものの

いろを帯ぶつて斯ういふことなのでせう　黄
ばむとかつて古りて穢れるのでせう

〝白いの著たらいいでせうあなたもあなたも
お妃さまもご一緒に〟

のゞむ

メッシュシート

めっしゅしーと拂はれながら顕はれてこし外
観の家の屋根なる

何ともよこしまの感じあるは向かひの家奥を
ある機密書類

する〱とするめのあしのかの家の床下ふ
かく延ぶる心根

＊

さいぎるもののあれば身をうすくして抜けい
でるほかなきと冷温に

白つぽいはうす後ろにしてはろか吾れは立ち
てゐ此処なるところ

閒らんど

四肢をもつものとまぎれて込むものの或はヒ
ト　と秘されてあるは

冷まじき天為を言ふは陸(くが)と陸の間(あひ)ひろごれる
〈開らんど〉の

見つゝあり畫面のなかしづかにも瓦解するな
るヒトのぴくせる

のゔむ

ふわっと措かれあるは長椅子（そふぁあ）のうへモヘアシ
ャギイの軽めの外套（コート）

新しいコート冬用のちひさなる水の雫の縫ひ
つけられて

いまにしも零れさうなり堪へきれずに表面張
力さへや涓滴(したたり)

は視ゆ

ストローより噴き出づるみづのなか逆走をする
ランナーは視ゆ

川﨑あんな
歌人。歌集『あのにむ』（二〇〇七）ほか。

歌集
triste
二〇二三年三月三十日　第一刷発行
著者　川﨑あんな
発行者　小柳学
発行所　株式会社左右社
東京都渋谷区千駄ヶ谷三-五五-一二-B1
Tel. 03-5786-6030 Fax. 03-5786-6032
https://www.sayusha.com
装幀　間村俊一
印刷・製本　加藤文明社
 ISBN978-4-86528-363-1